おはなし日本文化

能《のう》・狂言《きょうげん》

# お能《のう》探《たん》偵《てい》ノーと謎《なぞ》の博《はく》物《ぶつ》館《かん》

石川宏千花 作　かない 絵

講談社

好きな言葉は？

【謎《なぞ》】

好きな場所は？

【密室《みっしつ》】

好きな人物は？

【探偵《たんてい》】


「なにやってんの？　界《かい》」

机《つくえ》につっぷして、ゆらゆらとシャーペンのおしりをゆらしていたら、遊び仲間のおんちゃんが背中《せなか》にのしかかってきた。

「なにそれ。アンケート？」

「そ」

自家製《じかせい》のアンケートだ。未来の自分のために、それっぽいアンケートを自分で作って、答える練習をしている。

「作家ってよくアンケートに答えるじゃん？　練習しておいたほうがいいかなと思って」

おれの背中《せなか》にのしかかったままのおんちゃんが、あきれたようにいう。

「何度もいってるけどさ、作家になりたいんだったら、まずは小説ちゃんと書いたら？」

うぐ。

ぐうの音も出ないとは、まさにこのことだ。

「あ、せんせーきた」

ぐうの音も出ないおれを残して、おんちゃんは去っていった。

わかってる。わかってるんだよ、おんちゃん！　書かなきゃ作家になれないってことくらい。でもさ、おれがなりたいのはただの作家じゃない。ミステリ作家なんだよ。

ミステリにはまったのは、四年生のとき。あれから二年、いろいろ読んだ。アガサ・クリスティも、シャーロック・ホームズも、江戸川乱歩《えどがわらんぽ》も。謎《なぞ》が謎《なぞ》を呼《よ》ぶ、奇怪《きかい》な難事件《なんじけん》。その謎《なぞ》を完璧《かんぺき》にといてしまう名探偵《めいたんてい》。最初から最後までぞくぞくしっぱなしの、めちゃくちゃおもしろいミステリ小説を、おれは書きたい。

かんたんに書けるもんじゃないってことも、もちろん、わかってる。だって、謎《なぞ》の作り方なんて習ったこともない。

学校で習うことといったら――、

「きょうは、先週の課外授業《かがいじゅぎょう》で見学したお能《のう》のおさらいをします」

ほら、こういうの！　こういうのなんだよ。

日本の伝統文化《でんとうぶんか》がどうのとか、なんの興味《きょうみ》もないことを勉強させられる。

市内にある能楽堂《のうがくどう》で、能《のう》を鑑賞《かんしょう》させられた先週の課外授業《かがいじゅぎょう》。退屈《たいくつ》で人は殺《ころ》せる、と本気で思った能《のう》を、さらに深掘《ふかぼ》りするらしい。

かんべんしてくれよー、と頭の中でぐちりながら、机《つくえ》の上にまたつっぷす。

ノートのはしで、シャーペンをゆらゆらゆらゆら。退屈《たいくつ》な授業《じゅぎょう》のときは、いたずら書きの傑作《けっさく》が生まれる確率《かくりつ》が高い。

気がつけば、鬼《おに》のお面をつけた制服《せいふく》すがたの高校生を描《か》いていた。その横には、『お能探偵《のうたんてい》ノー』の文字。

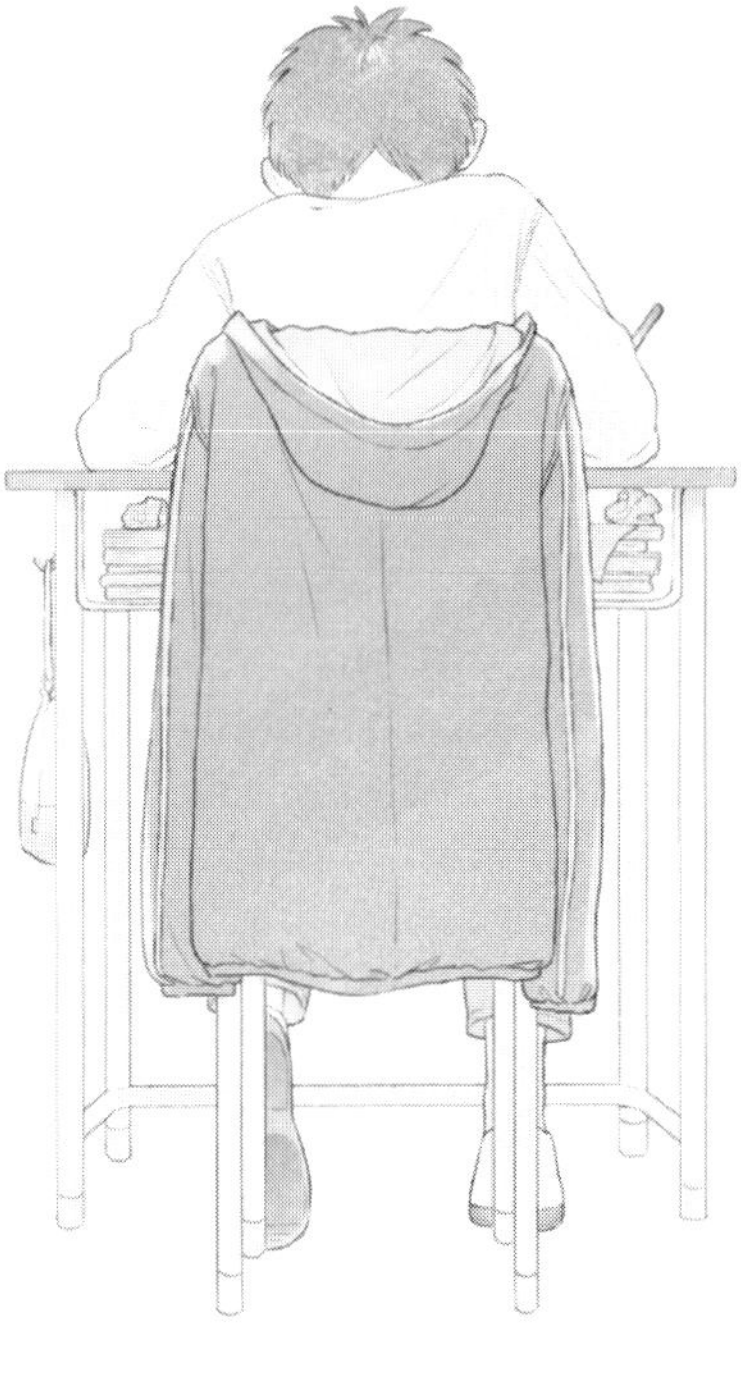

「お能探偵ノー！」

思わず声に出してしまった。すかさず先生に名前を呼《よ》ばれる。

「いまのは浦沢《うらさわ》くん？　お能《のう》についてなにか発言したいのかな」

「いやあ、そういうわけじゃなくって……」

思いついちゃっただけなんです、おれの書くミステリの探偵《たんてい》を。

「そう？　じゃあ、つづけますよ」

先生が授業《じゅぎょう》を再開《さいかい》するのを待って、大急ぎでメモしていく。

能《のう》をやっている一家の跡取《あとと》り息子《むすこ》。名前はもちろん『能《のう》』で、苗字《みょうじ》はそうだな……シンプルに『小川《おがわ》』。小川能だ！　ふだんはただの高校生。ひとたび事件《じけん》に出会えば、能《のう》のお面をつけて名探偵《めいたんてい》ノーになる。

ぶるり、と小さく体が震《ふる》えた。

見つけたぞ。とうとう見つけてしまった。おれが書くミステリの、おれだけの名探偵《めいたんてい》を。

能《のう》ってなに？

そもそも能《のう》のことがよくわからなかった。

課外授業《かがいじゅぎょう》で観《み》てきたばかりだけど、あくびを連発しながらぼーっとしていたから、内容《ないよう》なんてまるで理解《りかい》していない。

重そうな着物を着たお面の人が、のろのろと動いたり、聞《き》きとり不能《ふのう》なセリフをいいつづけたりする和風のお芝居《しばい》。わかっているのは、それくらいだ。

しかたがないので勉強することにした。向かったのは、近所の図書館。児童書のコーナーが広くて、アーチ形の出入り口がついた壁《かべ》で仕切られているところが気に入っている。

検索機《けんさくき》で調べた本をさがして、子ども優先《ゆうせん》のミニベンチに座《すわ》って読みはじめた。

ふむふむ、ふむふむ。ふむふむ、ふむふ……八ページ目くらいで本を閉《と》じた。

「さっぱりわからん！」

能《のう》は狂言《きょうげん》とセットだという説明からして、もうよくわからなかった。

ミステリだったらすいすい読めるのに、とがっかりしながら、たなにもどしにいく。

「読まないの？　それ」

背後《はいご》からの、声。へあっ？　とふり返ると、見おぼえのない女子が立っていた。

紺色《こんいろ》のブレザーを着ている。たぶん、制服《せいふく》。たぶん、同じ六年生。もしくは五年生。そんなに長くない髪《かみ》を左右にわけて、三《み》つ編《あ》みにしている。

「わかりやすいのに、その本」

「そうなの？」

「能《のう》のことを知りたいなら、それより読みやすい子ども向けの本、ないと思うけど」

「そうなんだ。じゃあ、あきらめるかな」

お能探偵ノー。いいキャラになると思ったのになあ……。

「なにをあきらめるの？」

制服《せいふく》すがたの女子が、となりにきた。なにもどそうとしていた本を勝手に手に取って、ぱらぱらとめくりだす。

「能《のう》の一家の跡《あと》取《と》り息子《むすこ》が探偵《たんてい》で、お面をつけて推理《すいり》するっていうミステリを書こうと思っててさ」

「……ふうん」

女子の目が、きらん！　となった気がした。ミステリ好きなのかもしれない。

「だったら、能楽博物館《のうがくはくぶつかん》、いってみる？」

「能楽博物館？」

「ここからバスで十分くらいのところにあるの。何度かいったことあるんだ」

もしかすると、ミステリじゃなくて能《のう》が好きな女子なのかもしれない。

今月の絵本

「わたし、小前田里栗《おまえださとり》」

「おまえださとり？　いい名前だな！」

「どこが？」

「どこって、『犯人《はんにん》は……おまえだ、さとり！』なところが」

小前田さんは、ふっ、と笑った。

「きみってかなりのミステリばかなんだね」

いやあ、それほどでも、と頭をかきながら、「おれ、浦沢界」と自己紹介《じこしょうかい》した。

「浦沢と界だったら、界のほうが短いから、界くんって呼《よ》ぶね」

「おれも、名前で呼《よ》んだほうがいい？」

「それはどっちでも」

だったら、迷《まよ》わず小前田さんだ。本当は小前田って呼《よ》び捨《す》てにして、探偵《たんてい》気分《きぶん》を味わいまくりたいけど、いまどき、女子を呼《よ》び捨《す》てにするのはよろしくない。

「土曜日の午後はどう？　あいてる？」

土曜日はおんちゃんと、自転車であてのない遠出を楽しむ約束をしている。

「土曜はむり。日曜日は？」

「いいよ。じゃあ、日曜日ね。この図書館前のバス停《てい》に十四時集合でどう？」

「十四時ね。オッケー」

小前田さんは、おれのかわりに本をたなにもどすと、「じゃ、日曜日に」

といって、アーチ形の出入り口に向かって歩きだした。

「あ、そうだ、界くん」

なぜだか急に立ちどまって、ふり返る。

「能面《のうめん》はね、つけるともいうけど、専門家《せんもんか》や能《のう》にくわしい人は、かけるっていうんだよ」

「かける？　なんで？」

「それは……話すと長くなるから、日曜日に博物館で」

「わかった！」

〝お面〟は〝おめん〟じゃなかった。

〝面〟と書いて、〝おもて〟。そう読むのだそうだ。

そして、小前田さんが教えてくれたとおり、『おもてをかける』が正しかった。

たくさんのおもてが展示《てんじ》されたガラスケース。その横の壁《かべ》にあった解説《かいせつ》にも、そう書いてあった——らしい。らしい、というのは、自分では読んでいないからだ。長くて読むのが大変そうだったので、小前田さんにざっくりまとめて教えてもらった。

日曜日なので、小前田さんは制服《せいふく》を着ていない。でも、なんとなく制服《せいふく》すがたとそんなに印象《いんしょう》が変わらないかっこうをしている。

「界くんは、作家になりたいんだよね」

「なりたい！」

「だったら、このくらいは読めるようになる努力とか、くふうはしないと。作家って、なんでも調べて書くんだよ」

「本になる前に、まちがってるところは出版社《しゅっぱんしゃ》の人が直してくれるんじゃないの？　テレビでそんなようなことといってた」

「校正のこと？　もちろん校正は入るよ。だからって、最初から適当《てきとう》なこと書いてもいいわけじゃない。そんなの小説っていわない」

小前田さんに、力説されてしまった。

「わかった？」

「……わかりました」

「じゃあ、次からは自分で読んでみて」

そういいながら、小前田さんがガラスケースの前に移動《いどう》していく。中には、顔が正面を向くように展示《てんじ》されたおもてが、ずらり。

目の細い女の人のやつ。おじいさんかおばあさんかわからないやつ。鬼《おに》のやつ。ふざけてるっぽい口のやつ。神経質《しんけいしつ》そうなおじさんのやつ。きげんがよさそうなおじいさんのやつ。

それぞれ名前がついていた。

小面《こおもて》。老女《ろうじょ》。般若《はんにゃ》。賢徳《けんとく》。中将《ちゅうじょう》。白式尉《はくしきじょう》。

おれの探偵《たんてい》、小川能に似合《にあ》いそうなのは、目の細い女の人――小面《こおもて》か、鬼《おに》の般若《はんにゃ》かな。

なになに？　能面《のうめん》は登場人物全員がかけるものではない？　おもに、生きている人間以外の存在《そんざい》を演《えん》じるときにかけるもの？

般若《はんにゃ》は鬼《おに》だから、当然、生きている人間じゃない。それはわかってたけど、ふつうの人っぽい顔のまで、まさかの幽霊《ゆうれい》な場合あり？　まじか！

きげんがよさそうなおじいさんの白式尉《はくしきじょう》は神さまで、ふざけてるっぽい口の賢徳《けんとく》は、牛とか馬とか犬とかの動物や、きのこの精霊《せいれい》？　なにそれ、おもしろ！

能面《のうめん》って、『この登場人物は生きている人間じゃないかもですよー』ってひ

と目でわからせてくれる、めちゃくちゃ便利なものなんじゃん、と思った。

「どこまで読めた？」

「おもてをかけるのは、おもに幽霊《ゆうれい》や鬼《おに》、神さまみたいな、生きている人間じゃない存在《そんざい》を演《えん》じるときってとこまで」

「すごいじゃない。ちゃんと読めてる」

(時代劇風《じだいげきふう》の口調で)おいおい、小前田さんよ、おまえさん、おれがほめられて伸《の》びるタイプだって知ってたのかい？　といいたくなる。がぜん、やる気が出てきた。

「次いこ、次！」

次のガラスケースには、ばか高そうな着物が、魚の開きみたいに広げてかざってあった。

「いくらくらいすんのかな」

「値段《ねだん》なんかつけられるわけない。装束《しょうぞく》は貴重《きちょう》なものなんだから」

「しょうぞくっていうの？　衣装《いしょう》のこと」

「そうだよ。能《のう》でも狂言《きょうげん》でもね」

能《のう》でも狂言《きょうげん》でも、という小前田さんの発言に、びびび！　となった。

「そうそう、それそれ！」

小前田さんが、口の前に人差し指を立てながら、しーっ、とやっている。館内がしんとしてたから、ふたりしかいない気分になってたけど、お客さんはいた。

しーっ、とやり返してから、ひそひそと質問《しつもん》する。

「能《のう》と狂言《きょうげん》ってさ、なんでセットなの？　なにが同じで、なにがちがうの？　そこ、

よくわかってないままなんだけど」

小前田さんは、ガラスケースに向きなおった。ご説明しましょう、というように。おれも、びかびかの装束《しょうぞく》と向かいあった。

「合わせて能楽《のうがく》と呼《よ》ばれているのは、もとはどちらも同じ、猿楽《さるがく》っていう芸能《げいのう》だったから。奈良《なら》時代に中国から伝わった散楽《さんがく》が発展《はってん》して、猿楽《さるがく》になったといわれているね。当時は、おもしろおかしい物まねなんかを即興《そっきょう》で見せるものだったんだ」

なるほどなるほど、もとは同じもの

だったから、セットあつかいだったのか。

「時代を経《へ》て、歌と舞《まい》を中心にした演目《えんもく》を見せる者たちがあらわれる。その芸術《げいじゅつ》性《せい》が将軍《しょうぐん》や貴族《きぞく》に気に入られた。神事の演目《えんもく》『翁《おきな》』で主役を任《まか》されるようにもなり、地位を得《え》たのが能《のう》のはじまりだ。一方、笑いの要素《ようそ》を残しつつ芸をみがいた者たちもいる。こちらが狂言《きょうげん》として、長く受《う》け継《つ》がれることとなった」

ふむふむ。

「おもての用い方にも、ちがいがある。必ず使うのが能《のう》だ」

うん、ちがいはこれでわかった……と思う、たぶん。それよりもいまのおれには、ものすごく気になっていることがある。

「……小前田さんさ、なんか急に声と話し方が別人っぽくなってない？」

おそるおそる顔を横に向けてみた。同い年くらいの知らない男子と、ばちっと目が合う。

「はあっ？」

「やあ」

気さくにあいさつされた。つられて「よう」と返事をしてしまいそうになる。

坊主頭《ぼうずあたま》に、無地の黒のスウェット、ぴたっとした黒いパンツ。それだけ見れば男子だ。でも、顔が男子っぽくない。肌《はだ》の色がまっ白で、くちびるの色は紅《べに》ショウガみたいだし、二重《ふたえ》じゃない目は横に長くて、目じりがほんのり赤い。なんていうか……おれでもちょっとどきどきするくらい、いっ、いっ、いろっ……ぽい気がする。

だからつい、
きいてしまった。

「男子？」

「でもある」

「じゃあ、ちがうときもあんの？」

「女子にもなれる。老人にもなれる。動物や神にもなれる」

……うん？　なんかそれって……。

「きみ、すごいね！」

存在《そんざい》を忘《わす》れかけていた小前田さんが、謎《なぞ》の男子の向こうから、ひょいと顔をのぞかせた。

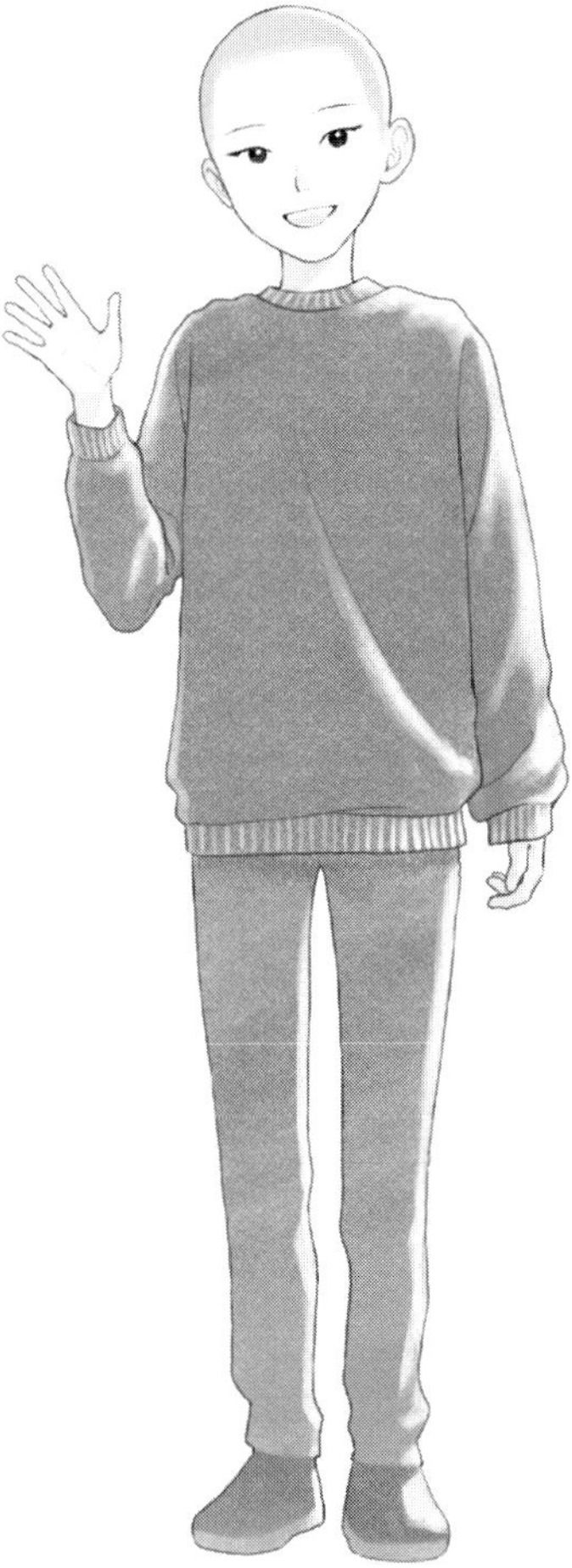

「いきなり割《わ》りこんできてなんなの？　って最初はむっとしてたんだけど、すっかり聞き入っちゃった。説明上手だし、声もいいし」

どうやら、おれと小前田さんのあいだに勝手に割《わ》りこんで、勝手にしゃべっていたらしい。すげー変わり者だ。

「もしかして、能楽師《のうがくし》の家の子？」

小前田さんがそうたずねると、謎《なぞ》の男子は、こくり、とうなずいた。急に女子に見えてくる。あれっ、本当は女子？　女子なのか？

「ねえ、ひとり？　ひとりだったら、わたしたちといっしょにまわろうよ」

小前田さんのお誘《さそ》いに、またしても、こくり。おいおい、おとなしめな女子のうなずきにしか見えないんだけど！

「なんて呼《よ》べばいいかな？」

「……ふじ」

「ふじくん？」

「わかでもいい」
「つまり、きみの名前はふじわかくんなのね。じゃあ、最初にいったふじくんで呼《よ》ぶね」
ふじわか。名前も変わってる。

小前田さんにつれられるまま、次のスペースに移動《いどう》した。

奥行《おくゆ》きのある広々としたスペースだ。両側には、やっぱりガラスケースがある。

おもてや装束《しょうぞく》は見てておもしろかったけど、ここに展示《てんじ》してあるのは書物や絵、年表や家系図《かけいず》なんかで、おもしろみは激減《げきげん》だった。

こうなると退屈《たいくつ》なんだよなー、と思っていたら、「うちにもある」といいながら、ふじが足を止めた。先頭にいた小前田さんもふり返って、おれたちに向かいあう。

「なにがあるの？」

「こういうところ」

「能楽《のうがく》の資料館《しりょうかん》みたいなところが、ふじくんのおうちにもあるってこと？」

こくり。なぜだかふじは、小前田さんに対してはおとなしめな女子みたいになる。もしかして、照れてる？

「きてもいいけど」

「いいの？　だったらいきたい。ね、界くん」

「えあ？　うん、いきたい！」

おれたちのリアクションに、ふじは、にこりと笑った。おおお、いっ、いっ、いろっ、色っぽさが激増《げきぞう》……。

「じゃあ、来週の日曜日でいい？」

いいよ、とおれ。

ふじも、こくり。

決定だった。

先週と同じく、小前田さんとは図書館前のバス停《てい》で待ち合わせをした。

ふじとは、終点の『かざはなの森公園《もりこうえん》前《まえ》』で集合することになっている。

「おーい」

図書館前のバス停《てい》にいる小前田さんを見つけた。かけよっていく。

「お天気ちょっとわるいね」

小前田さんにつられて、顔を上に向ける。思いっきり、くもり。まあ、遊びにいくのは屋内だから、天気がわるくても関係ないけど。

バスがきた。しゃべりながら乗りこむ。

「いったことある？　かざはなの森公園」

「ない。小前田さんは？」

「わたしもはじめて」

バス停《てい》にとまるたびに、乗客がどんどん減《へ》っていく。終点の『かざはなの森公園前』についたときには、おれたちだけだった。

「あ、いるいる」

ステップをおりながら、時刻表《じこくひょう》の横に立っていたふじに向かって手をふる。ふじはきょうも、全身黒一色だ。

「ちょっと歩くけど、いいかな？」

もちろん、おれも小前田さんも大きくうなずいて、「いいよ！」だ。

公園の奥《おく》の奥《おく》まで歩いて、その先にあった雑木林《ぞうきばやし》の中もぐんぐん進んだところで、

「えっ、うそ！　りっぱ！」

小前田さんが、めちゃくちゃ大きな声を出した。負けじとおれも大声を出す。

「たしかに！」

目の前には、白い壁《かべ》の建物が、どどん！　と建っている。二階はなくて、一階建て。カタカナのコを左に九十度回転させたような形をしていて、大きさは学校の体育館の三倍くらいありそう。

コの書き順でいうと、最初の書き出しのとこと、下の棒《ぼう》の頭に当たる部分にひとつずつ、扉《とびら》があった。そこだけ木製《もくせい》だ。ふじは、最初の書き出し側の扉《とびら》に向かう。

「個人《こじん》のお宅《たく》でこんな大きな資料館《しりょうかん》を持ってるなんて、すごいね！」

小前田さんの興奮《こうふん》はつづいている。

ふじが、扉《とびら》を開けてくれた。

「わーっ、すごい！　広い！」

小前田さんがまた大きな声を出したので、おれも目いっぱいの大声を出した。

「先週の博物館より広いじゃん！」

完全に、博物館の規模《きぼ》だ。資料館《しりょうかん》なんてひかえめな呼《よ》び方《かた》は、まるで似合《にあ》わない。

だだっ広い空間が、奥《おく》へ奥《おく》へとのびている。床《ゆか》も壁《かべ》も高い天井《てんじょう》も、まっ白だ。ガラスケースは置かれていなくて、能面《のうめん》や装束《しょうぞく》がむき出しでかざられている。どうやっているのか、宙《ちゅう》に浮《う》いているようにしか見えない。それぞれに、スポットライトっぽい細い光が当たっていた。

「どうなってんだろ、あれ」

首をかしげたおれに、「透明《とうめい》のワイヤーでつるしてあるんじゃないかな」と小前田さん。そうかそうか、透明《とうめい》のワイヤーか。

「ここは展示《てんじ》の間《ま》。次が、街《まち》の間《ま》。その次が、舞台《ぶたい》の間《ま》になってるよ」

ふじが歩きだす。あとにつづいた。

「能面《のうめん》や装束《しょうぞく》なんかは先週も見たから、ここは、ざっとでいいね」

どんどん進んでつきあたりまでいくと、右に曲がれるようになっていた。

そこから先は――。

どんっ、と肩《かた》に衝撃《しょうげき》を受けて、よろけそうになった。通りすがりのだれかが、ぶつかってきたらしい。

さっ、と手を出して支《ささ》えてくれたのは、ふじだった。およっ？　となる。

「いつのまに着替《きが》えた？　ふじ」

ふじが、着物すがたになっていた。くすんだ藤色《ふじいろ》の着物に、ハーフパンツのようなものをはいている。そっちはうすめた墨《すみ》の色だ。

「うそ！　いつのまに？」

小前田さんもおどろいているようだったので、目を向ける。

「えええ？」

どういうわけか、小前田さんも着物すがたになっていた。淡《あわ》い水色で、ひざ下くらいの長さの着物に、草履《ぞうり》をはいている。

まさか、と自分の胸《むな》もとを見下ろしてみた。

「あわわわ……」

おれもだった。着物すがたになっている。

「ここは、街の間だから」

そういってふじが、にこりと笑った。それ、いきなり着物すがたになってた説明になってなくない？

「前見て、界くん」

小前田さんが、そっとささやく。いわれたとおりにしたとたん、「おわ？」とあとずさりそうになった。時代劇《じだいげき》のセットのような光景が、ぼんっ、と出《しゅつ》現《げん》していたからだ。

「VR空間にいるような感覚を味わえるんだよ、きっとここ。着物を着ているように見えるのも、そういう技術《ぎじゅつ》なんじゃない？」

……まじで？　どう目を凝《こ》らしてみても、ほんものの着物にしか見えないんだけど？

ぼろぼろの小屋みたいなやつとか、土の地面に直接《ちょくせつ》しいた布《ぬの》とか、その上にならべてある野菜とか魚とか、目に入るもの全部、リアルすぎるんですけど！

そもそも天井《てんじょう》がない。頭上にあるのは空だ。めちゃくちゃ広い、よく晴れた空。

「はじまってるみたいだ」

ふじが、人の輪ができているところを指さした。広場のような場所の中心だ。せかされながら、輪に加わる。

時代劇《じだいげき》のエキストラのみなさんですよね？　という見た目のおとなたちの背中《せなか》をかきわけて、輪の内側へ。

人がいきなり、ふっ飛んできた。

「わあっ」

ぶつかる！　と思ったのに、ふっ飛んできた人はくるっと空中で一回転して、おれの目の前できれいに着地した。

次々と、人が飛ぶ。回転して、着地する。大道芸をしている最中だったらしい。

ここって、とおれは人の輪の向こう側に目をやった。高い建物はひとつもない。空しか見えない。

「……なに時代？」

「平安時代だよ」

「へいあん！　すげーむかしじゃん」

「で、あれが猿楽《さるがく》」

ふじが、人の輪の中心に目をやる。猿楽《さるがく》って、あれか。能《のう》と狂言《きょうげん》のおおもとっていってたやつ。見れちゃうんだ。すげえな。

よそ見をしていたら、輪になっている人たちが、どわっと笑った。

「え？　なに？　なんで笑ったの？　いま」

「ひとり二役で相撲《すもう》を取る、『独《ひと》り相撲《ずもう》』をやったんだよ」

よくわからないまま、へー、と感心していると、

「きゃーっ」

どこかで女の人の悲鳴があがった。

なにごと？　とあたりを見まわす。

人の輪の向こう側、枠組《わくぐ》みだけの小屋もどきの前に、枯《か》れ草色《くさいろ》の着物を着た女の人がしゃがみこんでいるのが見えた。

おれたち三人は、顔を見合わせるなり走りだした。人の輪の外側をぐるっとまわって、女の人のもとへと向かう。

「どうしたんですか？」

小前田さんが、腰《こし》をかがめて女の人に話しかけた。

「あ、赤《あか》ん坊《ぼう》……赤《あか》ん坊《ぼう》が……」

とぎれとぎれの説明によると、抱《だ》いていた赤ちゃんを、うしろからぶつかってきただれかにうばわれてしまったらしい。

「まじか！　誘拐《ゆうかい》じゃん！」

おれはすぐに、犯人《はんにん》をさがさなくちゃと思った。

輪になっていたおとなたちも、なんだなんだとさわぎはじめている。

「きゃーっ」

また悲鳴！　さっきとは別の女の人が、あわてふためいた

ようすで、前後左右に体をゆらしている。

「どなたか坊《ぼう》やを見ませんでしたか？　三つになったばかりの坊《ぼう》やです！　どなたか！」

ふじが声をかけにいった。

「お子さんがいなくなったのですね？」

「は、はい、ちょっと目をはなしたすきに」

たてつづけに、ふたりも誘拐《ゆうかい》されてしまったらしい。なんてこった。

「おれたちはあっちをさがす！」

「おれは向こうだ！」

「わたしたちはそっちを！」

おとなたちは、さらわれた子どもたちを手わけしてさがすことにしたようだ。大道芸の人たちも、加わっている。見て見ぬふりをしている人は、ひとりもいなかった。

最初に悲鳴をあげた女の人に、小前田さんが質問《しつもん》する。

「さらった人の特徴《とくちょう》はわかりますか？」

「黒っぽいかっこうをしていたかと」

「ほかには？」

「あやしながら歩いていたら、うしろからいきなりぶつかってきて、赤ん坊《あかんぼう》をひったくるなり、走っていってしまったので……」

……うん？

いまの話おかしくない？　おかしいよね。絶対《ぜったい》におかしい。変だ。変すぎる。

「気づいたかい？　きみも」

ふじが、耳打ちしてきた。

「ふじも？」

「ああ、いまの話はどう考えてもおかしい」

おれとふじはうなずきあうと、まわりにいたおとなたちに向かってさけんだ。

「この女の人をつかまえてください！」
「逃《に》げないように見はっていてください！」
どうやら小前田さんも気づいていたらしい。女の人の手をしっかりとつかまえて、「この人でーす！」と声をはりあげている。
よし、次は、とあたりを見まわす。広場からは、二方向に道がのびていた。どちらも、土色の壁《かべ》に両側をはさまれた幅《はば》の広い道だ。

遠くに山が見えているほうの道に、荷車を引いているうしろすがたが見えた。ふにゃふにゃのござっぽいものがかかっていて、なにがのせられているのかはわからない。

反対側の松林につづいているほうの道には、大きな布袋《ぬのぶくろ》を肩《かた》にかついだ背中《せなか》が見えている。赤ちゃんならすっぽり入りそうなサイズの布袋《ぬのぶくろ》だ。

おれもふじも、迷《まよ》わなかった。二手にわかれることもなく、まったく同時に、山が見えているほうの道に向かって走りだす。

荷車を引いていたのは、ひょろっとした体つきの男だった。おれたちに気づくと、

荷車を置いて逃《に》げだそうとする。いきおいよく腰《こし》にタックルしてやった。それだけで、あっけなく地面に倒《たお》れこむ。

そのすきにふじが、荷車にかかっていたござみたいなやつをとっぱらって、広場に残っていたおとなたちを呼《よ》びあつめた。

駆《か》けよってきたおとなたちが、おれにかわって男を押《お》さえつけてくれたので、ほっとして立ちあがる。

荷車を取りかこんだおとなたちが、歓声《かんせい》をあげた。

「おーい、男の子が見つかったぞー」

荷車には、手足をしばられた三歳《さい》くらい

ばかりの男の子がいた。口には布《ぬの》が押《お》しこまれている。

坊《ぼう》や！　とさけびながら走ってきた母親が、荷車からおろしてもらった荷車からおろしてもらったばかりの男の子を強く抱《だ》きしめた。

「よかったよかった」

「いや待て、赤《あか》ん坊《ぼう》は？」

「赤《あか》ん坊《ぼう》がまだ見つかってないぞ！」

おとなたちがざわつきはじめる。そこに、大柄《おおがら》な人たちに両わきをかかえられた『犯人《はんにん》』をつれて、小前田さんがやってきた。

「赤ちゃんをさがす必要はありません」

きっぱりと、おとなたちに向かっていう。

おーっと？　なんだかこれって、ミステリの謎《なぞ》解《と》き場面《ばめん》みたいじゃない？

「どういうことだ？」

「その人は、赤《あか》ん坊《ぼう》の母親じゃないのか？」

さらわれた子どもをさがしにいっていたおとなたちも、次々ともどってきた。まわりにどんどん大きな輪ができていく。

取りおさえられた『犯人《はんにん》』たちを指さして、ふじがいった。

「彼《かれ》らは、共犯関係《きょうはんかんけい》にあります」

おっ、探偵役《たんていやく》がもうひとり。

最後の謎解《なぞと》きをするのは探偵《たんてい》ひとりっていうのがミステリの基本《きほん》だ。でも、探偵《たんてい》が三人っていうのもわるくない。

なんで三人かといえば、それはもちろん、おれもこれから加わるからに決まってる。

「つまり、こういうこと。赤ちゃんがさらわれたって最初にさわいだその女の人の目的は、悲鳴をあげて注目をあつめることだった」

三人目の探偵《たんてい》に、視線《しせん》が集中する。

「どういうことだ？」

「なんでそんなことを？」

この疑問《ぎもん》に答えたのは、小前田さん。

「お母さんがおどろいて、狙《ねら》っていた子どもから目をはなすようにするためです」

つづけて、ふじ。

「母親の注意をそらしたすきに、もうひとりが坊《ぼう》やをすばやくつれ去る。しばりあげて荷車にのせたあとは、素知《そし》らぬ顔で広場をはなれればよかった。赤《あか》ん坊《ぼう》がさらわれた、と仲間がさわいでいるうちに」

なにが起きたか知られていないうちに広場をはなれてしまえば、追いつかれることもない。そう考えたんだろう。

「赤《あか》ん坊《ぼう》はいなかったとあんたたちはいうが、どうしてそんなことがわかるんだ？」

「そうだそうだ、その女の人がいっていることが本当だったらどうする！」

きたきた。どうして犯人《はんにん》がわかったのか、その説明をするときがきた！

小前田さんとふじの顔を見る。おれが話していいか、たしかめるためだ。どうぞどうぞ、と
ふたりが小刻《こきざ》みにうなずく。よっしゃー！

「その女の人は、赤ちゃんがさらわれたときのことをこう説明しました。あやしながら歩いていたら、いきなりぶつかってきて、赤ちゃんをひったくるなり、走っていったって」

おとなたちはまだ、「だからなんだ？」「わからん」といいあったりしている。

「あやしていた、ということは、赤ちゃんは起きていたということですよね。そこに、いきな

り犯人《はんにん》がぶつかってきた。はい、まずここがおかしい！」

おとなたちが、しんと静まった。

「泣くでしょうがっ。赤ちゃん、びっくりして泣くでしょうがっ！」

ひー、気持ちいい！　めちゃくちゃ気持ちいいぞ、探偵役《たんていやく》！

「そこで泣かなかったとしても、母親の腕《うで》からひったくられたら、まちがいなく泣きますよね、赤ちゃんだもの。だれか聞きましたか？　赤ちゃんの泣く声。おれは聞いてない」

小前田さんとふじが、うんうん、とうなずいている。聞いていない、と。おとなたちも、うんうん、とうなずきはじめた。だれも聞いていない、ということだ。

「つまり、赤ちゃんはいなかった。その女の人のうそだったってことです」

おとなたちの中のひとりがいう。

「それであんたたちは、坊《ぼう》やのほうだけ見つければいいと思ったわけか」

ほかの人も、つづけていった。

「あんたたちは、迷《まよ》わず荷車のほうに走っていった。布袋《ぬのぶくろ》に坊《ぼう》やは入らないって考えたからだな？」

シメの答えは、ふじにゆずろう。おれは一歩さがった。

「おっしゃるとおりです。赤《あか》ん坊《ぼう》は最初からいなかったとわかっていたので、迷《まよ》う理由はありませんでした」

おーっ、とおとなたちがどよめいた。

すべての謎《なぞ》がとけたからだ。

男の子は無事にもどってきたし、犯人《はんにん》はつかまったし、と場がなごみかけたところで、

「きゃーっ」

三度目の悲鳴。

……あれ？　いまの声って小前田さん？

顔を横に向けると、小前田さんは空を見上げて口をぱくぱくさせていた。

「どうしたの？　小前田さん」

「そ、空が……」

空？　とおれも視線《しせん》を頭上に向ける。

「のへっ？」

おどろきのあまり、変な声を出してしまった。だって、空がめくれてるんだもの。

よく晴れた青い空の一部に切れ目が入って、そこから布《ぬの》をまくるように空が――。

「時間だ。いこうか」

ただひとりおどろいていなかったふじにうながされて、松林に向かって歩きだす。

さっきまで輪になっていた人たちはがやがやと、それぞれがやりかけてい

たことにもどりはじめていた。大道芸も再開《さいかい》されたようで、歓声《かんせい》や拍手《はくしゅ》が聞こえてくる。

そよそよと風の吹《ふ》く松林を、のんびりと通りぬけた。

「はあっ？」

急に薄暗《うすぐら》い。なぜだか外じゃなくなってる。

どこだ、ここ！

「……能楽堂《のうがくどう》？」

小前田さんが、戸惑《とまど》いながらもいった。和風の家の断面《だんめん》みたいな建物が前方に見えている。たしかにあれは、能《のう》の舞台《ぶたい》だ。

ふじが、さらりと説明する。

「ここが、舞台《ぶたい》の間《ま》」

松林を通りぬけたら、そこが次の展示室《てんじしつ》になってたってこと？　わけわからん。でも、おもろい！

まわりが薄暗《うすぐら》いから、照明のついている舞台《ぶたい》だけが、ぼうっと浮《う》かびあがっているように見える。建物版《たてものばん》の幽霊《ゆうれい》みたいだ。

「すげえな、ここ！　絶対《ぜったい》に一般公開《いっぱんこうかい》したほうがいいよ。してないよね？　してたらおれ、おんちゃんとかと遊びにきてるもん、絶対《ぜったい》」

テンションあがりまくりのおれに、ふじはおだやかに答える。

「一般公開《いっぱんこうかい》の予定はないよ。ここは、能楽《のうがく》に興味《きょうみ》を持ってくれた界や小前田さんのような人だけを招待《しょうたい》する場所なんだ」

太《ふと》っ腹《ぱら》だなあ、ふじの家族は。

「さっきの人たちも、キャストの演技《えんぎ》だったたってことか。すげーなほんと。ほんものの平安時代の人たちみたいだった」

いつのまにかおれたちも、着物すがたじゃなくなっていた。ＶＲすげえ！

舞台《ぶたい》の真正面に、一列分の座席《ざせき》があった。まん中あたりに、小前田さん、おれ、ふじの順番で腰《こし》をおろしていく。

能楽堂《のうがくどう》は課外授業《かがいじゅぎょう》のときにも見ているから、目新しさはない。屋根のついた舞台《ぶたい》があって、そこから左手に向かって、手すりのついたろうかが細長くのびている。まわりには白い小石がしかれていて、松の木も生えていて、屋内なのに外っぽい。前に見たのと同じだ。

ろうかの奥《おく》には、派手《はで》なストライプの幕《まく》がかかっている。そこからしずしずと、黒い着物にはかまをはいたおじさんが出てきた。つづいて、もうひとり。さらに、もうひとり。手には笛や鼓《つづみ》を持っている。

舞台《ぶたい》のほうを見たまま、ふじが話しだす。

「あのろうかは橋掛《はしが》かりといって、舞台《ぶたい》に向かって少しだけ傾斜《けいしゃ》がついている。ゆるやかな坂をのぼる感じだね」

「どうしてななめ?」

あっちが、といいながら、カラフルな幕《まく》のほうをふじは指さした。

「あの世で」

こっちが、といって今度は、舞台《ぶたい》のほうをまっすぐに見る。

「この世。つまり、あの世からこの世への通り道なんだ、あの橋は」

舞台《ぶたい》の正面の壁《かべ》には、大きな松の木が描《えが》かれている。この壁《かべ》の前に、出てきたおじさんたちは腰《こし》をおろしていった。舞台《ぶたい》の右手の壁《かべ》には、小さな戸がある。そこからもおじさんたちが出てきて、次々と座《すわ》っていく。

つづいて、おもてをかけた人が橋掛《はしが》かりを進んできた。客席から見て右手前に座《すわ》る。あの人はツレ、とふじが教えてくれた。ツレ？　友だちのこと？　と首をひねっていると、「主人公の妻《つま》のこと」と小前田さんが耳打ちしてくれた。

ピー、ヒョロー、ピョー。ようやく演奏《えんそう》がはじまった。

「あ、ワキも出てきたね」

「ワキ？」

「あの彼《かれ》は、おもてをかけていないだろ？　生きている人間の役だから、直《ひた》面《めん》で演《えん》じる。直面《ひためん》で生きた人間を演《えん》じるのは、ワキ方《かた》だ」

「ひためんってなに？」

「おもてをかけていない状態《じょうたい》のことを直面《ひためん》っていうんだ」

ふじがいったとおり、橋掛《はしが》かりをこちらに向かって歩いてくるのは、おもてをかけていない男の人だった。

「おもてをかける役は、なんていうの？」

「シテ。シテは、主役をやる」

「主役だけ？」

「ワキが主役をやることはない。シテだけだ」

まじか。めちゃくちゃ分業制《ぶんぎょうせい》じゃん。

ふじによると、能《のう》の舞台《ぶたい》には前場《まえば》と後場《のちば》というのがあって、シテの呼《よ》び方《かた》も、前《まえ》シテ、後《のち》シテってわざわざ変わる。で、前場《まえば》のあとに狂言《きょうげん》が入って、後場《のちば》につなぐストーリーテラーみたいな役割《やくわり》をはたすことが多いんだって。現代《げんだい》の芝居《しばい》だと、主役は人気のある人が選ばれたり、オーディションで決まったりするけれど、能楽《のうがく》ではそうじゃないらしい。

能《のう》をやるのは能楽師《のうがくし》だけ。

狂言《きょうげん》をやるのは狂言師《きょうげんし》だけ。

シテをやるのはシテ方《かた》の人だけ。

ワキをやるのはワキ方《かた》の人だけ。

狂言師《きょうげんし》が、「新たな挑戦《ちょうせん》として能《のう》をやります！」っていいだすこともなければ、ワキ方《かた》の人が、「あなた人気が出てきたから、今回は主役をやってね」といわれることもないってことだ。なんかそれってがんばりがいがないような気もするけれど、それはおれが現代《げんだい》の人間だから思うことなのかな。

「狂言《きょうげん》の場合も、主役はシテ。それ以外はアドと呼《よ》ばれているね」

「すげー、すらすらいえるのな、ふじ。さすが能楽師《のうがくし》の家の子！」

お能探偵ノーにも、このくらいすらすらと能楽《のうがく》の知識《ちしき》をいわせたい。そのためには作者のおれも、ふじレベルにならなくちゃいけないってことだ。ひー。

ヨオー、ピー、ヨーイ、ホー、ピヒョー。

ワキとツレの役の人たちが押《お》し問答《もんどう》のような芝居《しばい》をしたあと、橋掛《はしが》かりに新たな登場人物があらわれた。

「清経《きよつね》――シテが出てきたよ」

顔には能面《のうめん》、体には重量感たっぷりの装束《しょうぞく》。舞台《ぶたい》に向かって、ゆっくりと歩く。

橋掛《はしが》かりは、あの世とこの世をつなぐ場所だと教えてもらったからか、本当にこの世のものじゃない存《そん》在《ざい》が近づいてくるような感じがしてきた。ひー……。

「この演目《えんもく》は『清経』といって、作者は――」

ふじが最後までいい終わる前に、小前田さんが身を乗りだしてきた。

「世阿弥《ぜあみ》！」

「ぜあみ？　なんか聞いたことある気が」

「観世流《かんぜりゅう》の始祖《しそ》……簡単《かんたん》にいうと、いまの能《のう》の基礎《きそ》を作った役者さんがいて、その人の名前が観阿弥《かんあみ》。世阿弥はその息子《むすこ》のこと！」

ふじに負《ま》けず劣《おと》らず、小前田さんも能《のう》にくわしい。もしかして、小前田さんも能楽師《のうがくし》の一家の子だったりして……。

ふじがなにかいおうとしたのをさえぎって、「ほかにもね」と小前田さんが目をきらきらさせながら、さらに話しつづける。

「古典を取りいれた能《のう》の産みの親でもあるし、名言だらけの有名な論文《ろんぶん》をたくさん残したりもしてる。『初心忘《わす》るべからず』っていうでしょ。あれとかね。世阿弥にはそういうインテリなところもあって、ただの美少年じゃないところがまた魅力《みりょく》なの！」

「美少年だったの？　世阿弥って」

「芸がまずすばらしかったんだけど、美貌《びぼう》も人なみはずれてたの。十二歳《さい》のとき、当時まだ十七歳《さい》だった将《しょう》軍《ぐん》から熱烈《ねつれつ》に支持《しじ》されるようになるんだけど、世阿弥の魅力《みりょく》に骨《ほね》抜《ぬ》きにされたおとなは、たくさんいたんだって」

「ほんとくわしいね、小前田さん」

「わたしの推《お》しだもん」

「……世阿弥が？」

「世阿弥が」

歴《れき》史《し》上《じょう》の人物が、推《お》し……。

小前田さんも、まあまあ変わってる。

「美少年っていえば、ふじも……あれ？」

ふじがいない。となりにいたはずなのに。

「どこいった？　ふじ」

「うそ、いなくなっちゃったの？」

小前田さんといっしょに、ふじをさがしながら席をはなれる。舞台《ぶたい》では、ピー、ヒョロー、ホオ、と『清経』がまだつづいていたけれど、ふじをさがさなければ。

ふじー、と呼《よ》びながら、舞台《ぶたい》の横を通りぬけた。奥《おく》に扉《とびら》が見える。入ってきたときと同じ木《もく》製《せい》の扉《とびら》だ。

「先に外に出たのかな？　ふじ」

「出てみようか」

扉《とびら》を開けて、外に出た。目の前にあるのは、雑木林《ぞうきばやし》だけ。ふじのすがたはどこにもない。

「界くん！　大変だよ、界くんっ」

うしろから、ばしばし背中《せなか》をたたかれた。

「いった、いって、痛《いた》いって小前田さん！」

「ない、なくなってる！」

なにが？　とうしろをふり返った瞬間《しゅんかん》、「はあっ？」と大絶叫《だいぜっきょう》した。

ない！　なくなってる！　コの字を左に九十度回転させたような形のあの建物が。ついさっきまで中にいたのに！

ふり向いたそこには、雑木林《ぞうきばやし》の中の、なにもない空間がぽかんとあるだけだった。

「わたしとしたことが、って話なんだけど」

図書館の児童書コーナーで待ち合わせをしていた小前田さんは、おれの顔を見るなり、わっ、としゃべりはじめた。

「ふじくん、自分のこと『ふじわか』っていったよね？　花の藤《ふじ》にヤングの若《わか》って書いて、『藤若《ふじわか》』だったんだと思うの。あー、もう、わたしのばか！　ふじわかっていわれてすぐに気づけなかったなんて！」

小前田さんがなにをいっているのか、さっぱりわからない。

「あのさ、小前田さん。もうちょいわかりやすく話してくんない？」

「わかった。落ち着いて話すね。つまり、ふじくんは世阿弥だったの！」

「うん……もう一回、落ち着こうか」

「落ち着いたってば！　だからね、世阿弥の幼名《ようめい》なの、藤若は！」

「ようめい……しゅ？」

「養命酒《ようめいしゅ》じゃなくて！　むかしの人には、小さいころだけ呼《よ》ばれる名前があったの！　でね、世阿弥には鬼夜叉《おにやしゃ》って幼名《ようめい》もあったんだけど、藤若って呼《よ》んでた人たちもいたの！」

おー、やっと飲みこめた。

「だから、ふじは世阿弥だったんじゃないかってことね」

「そう！」

おれは、小前田さんの顔をじっと見た。

小前田さんも、おれの顔をじっと見る。

ふたりとも学校帰りなので、小前田さんは制服《せいふく》、おれはいつもの適当《てきとう》なかっこうだ。

しばらくガン見しあったあと、どちらからともなく、ふっ、と笑った。おたがいに、『こんなこと、だれに話しても信じてもらえないよね』と思っているのがわかったからだ。

あのあと。

おれと小前田さんはもう一度、『かざはなの森公園前』から、あの場所にいってみた。あったのは、雑《ぞう》木《き》林《ばやし》の中の空き地だけ。

「どうしてふじくん、あのときいきなりいなくなっちゃったのかな」

「もし本当にふじが世阿弥だったんなら、はずかしくなっちゃったんじゃない？」

「はずかしくなったの？　どうして？」

「小前田さんがいきなり、熱く自分の

こと語りだしたからに決まってるじゃん」

「そういうキャラだった？　ふじくん」

「けっこう照れ屋っぽかったよ。とくに、小前田さんと話してるときは」

もうひとつ、思いあたることがあった。

「それかさ、小前田さんが自分のファンだってわかったから、いなくなったのかも」

「なんでそれでいなくなるの？」

「ファンとは恋愛禁止《れんあいきんし》とかあるじゃん」

「なにそれ！　わたしがふじくんを
恋愛対象《れんあいたいしょう》にしてたとでも？」

「ふじがしてたのかもよ？」

「……ない。それはない。ないないないない！」

「声、声！　小前田さん」

大きくなっていた声のボリュームを
しぼってから、あらためて小前田さんは断言《だんげん》した。

「世阿弥だよ？　あの世阿弥がわたしに恋《こい》なんてするわけないし！」

「じゃあ、正体がばれそうって思ったんじゃない？　で、そうなったらいなくならなくちゃいけないルールがあったとか」

ありえる、と小前田さんは真顔でいった。

「民話だと、そのパターンはよくある」

今度は民話？　小前田さんは本当に変なことをよく知っている。そもそも

なにがきっかけで、推《お》しになるほど世阿弥に興味《きょうみ》を？

「で、界くんはあれから書きはじめたの？　お能探偵ノー」

耳が痛《いた》い話題をふられてしまった。

「それがさー……『お能探偵《のうたんてい》ノーと謎《なぞ》の博物館《はくぶつかん》』ってタイトルで書きはじめたんだけど、キャラがいまいちなのか、このままじゃおもしろくならなそうなんだよね」

おれの肩《かた》に、ぽん、と手が置かれた。

「そういうことなら界くん、お能探偵ノーはあきらめてみるっていうのはどうかな」

「は？　なんで？」

「界くんが本気で書きたいならと思ってだまってたけど、じつはね、能楽師《のうがくし》の一家の跡取《あとと》り息子《むすこ》が探偵役《たんていやく》のミステリは、もうあるの」

「ええええ？　まじで？」

文庫本が、通学バッグから出てくる。

「うちにあった新刊《しんかん》。よければあげる」

タイトルは、『能楽師《のうがくし》の息子《むすこ》たち　天《てん》に偽《いつわ》りなきものを』で、作者の名前は小前田鴨《かも》。

おまえだ……かも？

「もしかして、この本書いた人って……」

「うちのお父さん。ちなみにそれは八巻目《かんめ》。まあまあ人気のシリーズみたい」

まじかー。

謎《なぞ》がぶんぶんとけていく。

お能探偵《のうたんてい》ノーの話をしたとき、どうして小前田さんがあんなに興味《きょうみ》を持ったのか。どうしてあんなに能《のう》にくわしかったのか。

ミステリ作家の父親が、能楽師《のうがくし》の一家の息子《むすこ》が探偵役《たんていやく》の小説を書いていたからだったんだ。

せっかく勉強したのになー、と落ちこんでいると、「むだにはならないと思うよ」と小前田さんがなぐさめてくれた。

「なんでも役に立つのが小説だもん」

だったら、ふじと過《す》ごしたあの日のことも、いつかは役に立つのかな。おれがちゃんと小説を書けるようになれば。

「ところでさ、民話ってどういうもの？」

「興味《きょうみ》出た？　小説の勉強にはいいと思うよ、民話」

「どのへん読めばいい？」

たなの前に移動《いどう》した。小前田さんは、おすすめの民話の本の説明に夢中《むちゅう》になっている。

小前田さんにいったらこれも、「ないないない！」って全否定《ぜんひてい》されそうだけど、じつはおれ、ふじにはまた会えるような気がしてる。

そのうちまた小前田さんを誘《さそ》って、『かざはなの森公園前』までいってみるつもりだ。
すーっとした顔でバス停《てい》に立っているふじを見つけたら、「おーい」って
手をふろう。
待ち合わせしてた友だちを見つけたときみたいに。

おはなし
日本文化
ひとくちメモ

# 600年以上もの歴史《れきし》を持つ日本の古典劇《こてんげき》 能《のう》と狂言《きょうげん》

「能舞台《のうぶたい》」という専用《せんよう》の舞台《ぶたい》で、演《えん》じられる劇《げき》。
ユネスコの「無形文化遺産《むけいぶんかいさん》」に選ばれており、
さまざまな物語を、今も私《わたし》たちに伝えています。

## 能《のう》はもともと曲芸やものまね、マジックだった？

能《のう》と狂言《きょうげん》の起源《きげん》は、8世紀《せいき》に中国から入ってきた散楽《さんがく》であるといわれています。当初は曲芸やものまね、マジックだったのが、しだいに歴史《れきし》や物語上の人物を描写《びょうしゃ》した劇《げき》の形式になっていき、鼓《つづみ》に合わせて歌《うた》い踊《おど》る舞《まい》などの芸能《げいのう》も取りこみながら、鎌倉《かまくら》時代には神社やお寺に奉納《ほうのう》する劇《げき》となります。さらに室町《むろまち》時代になると、3代将軍《しょうぐん》・足利義満《あしかがよしみつ》から大切にされた観阿弥《かんあみ》（1333〜84）が、歌や舞《まい》をふくめた能《のう》の芸術性《げいじゅつせい》を高めていきます。

一方狂言《きょうげん》は、能《のう》よりも写実的な演技《えんぎ》で、人間のすがたをおもしろおかしく表現する喜劇《きげき》といえます。描写《びょうしゃ》する人物もふつうの人で、庶民《しょみん》の日常《にちじょう》を切り取って見せてくれるのです。

## 世阿弥《ぜあみ》は、当時のアイドルだった？

観阿弥《かんあみ》の子である世阿弥《ぜあみ》（１３６３？〜１４４３？）は、高い教養を身につけ、能《のう》をさらにうつくしい歌と舞《まい》が中心となるものとし、言葉や所作《しょさ》も洗練《せんれん》させ、より芸術性《げいじゅつせい》を高めました。また、大人気の演者《えんじゃ》でありながら、『風姿花伝《ふうしかでん》』などのすぐれた理論書《りろんしょ》を20冊《さつ》以上残しています。これらの書物は能《のう》の習得法《しゅうとくほう》や心得《こころえ》、美学などが書かれた、日本最古の演劇論《えんげきろん》として、今なお海外からも高く評価《ひょうか》されるものです。

「初心忘《わす》るべからず」（未熟《みじゅく》なころの芸やそのときの気持ちを忘《わす》れずに、常《つね》に努力をすることが大切）や「秘《ひ》すれば花」（観客《かんきゃく》に徹底的《てっていてき》に秘密《ひみつ》にしておくことが、大きな感動を呼《よ》ぶ秘訣《ひけつ》）など有名な言葉には、深い考えがこめられています。

たくさんの優《すぐ》れた演目《えんもく》を生み出しましたが、６代将《しょう》軍《ぐん》・足利義教《あしかがよしのり》の時代になった晩年《ばんねん》は、佐渡《さど》に流されてしまいます。

## 能《のう》舞《ぶ》台《たい》のひみつ

能《のう》舞《ぶ》台《たい》は観客席と舞《ぶ》台《たい》のあいだに幕《まく》がなく、４本の柱で囲まれた本《ほん》舞《ぶ》台《たい》が、観客席のほうにせり出すように作られています。背景《はいけい》には松が描《えが》かれ、建材はヒノキでできており、橋掛《はしが》かりという橋をふくめていくつかの独特《どくとく》な装置《そうち》があります。もともとは屋外《おくがい》で演《えん》じられていたことの名残《なごり》といえます。

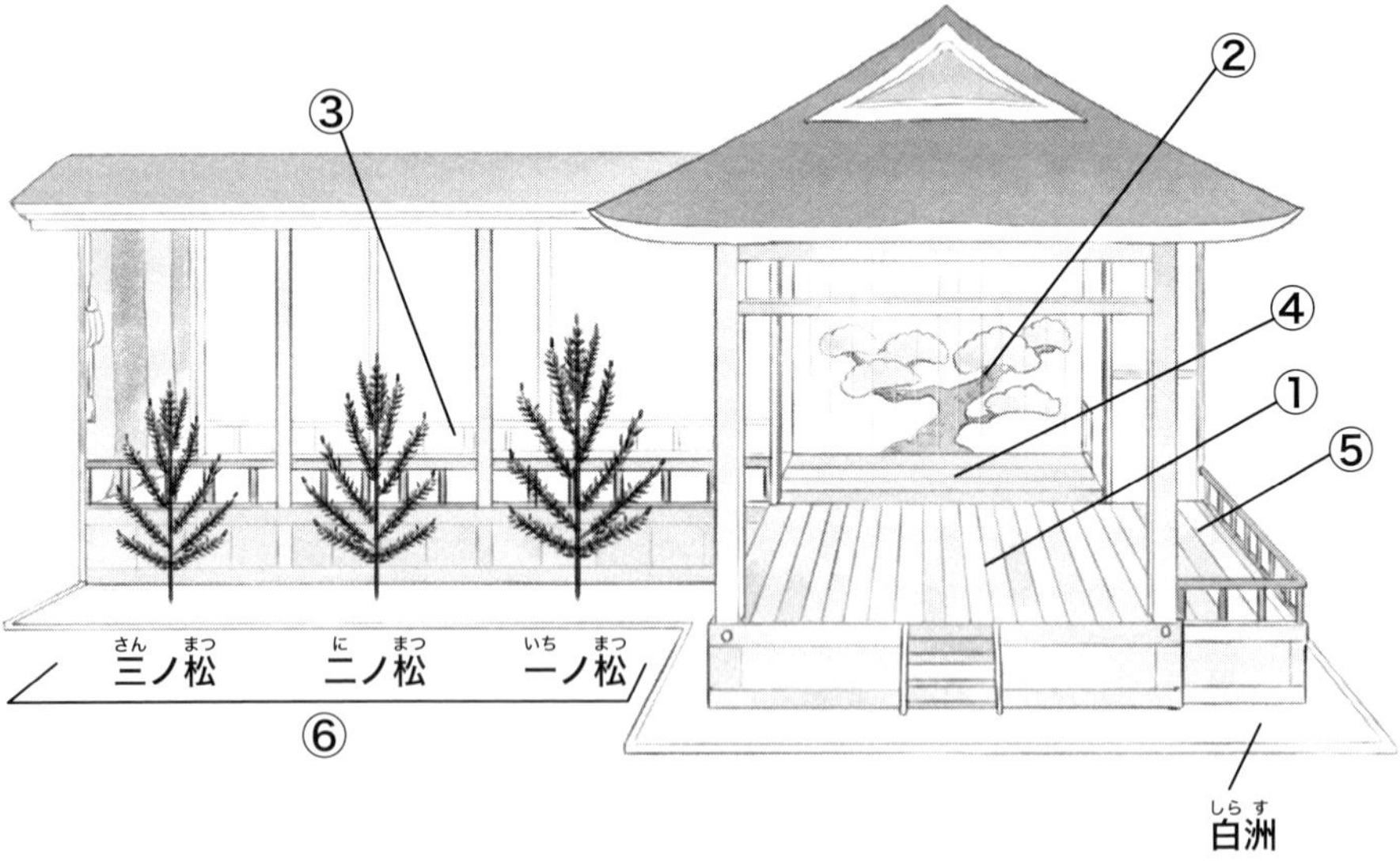


①**本舞台《ほんぶたい》**　縦横《たてよこ》各 5.4 メートルの正方形の舞台《ぶたい》。
②**鏡板《かがみいた》**　松の木が描《えが》かれている。
③**橋掛《はしが》かり**　演者《えんじゃ》の入退場《にゅうたいじょう》の通路として使《つか》うだけでなく、演技《えんぎ》もおこなう場所。
④**後座《あとざ》**　囃子方《はやしかた》が右から笛《ふえ》、小鼓《こつづみ》、大鼓《おおつづみ》、太鼓《たいこ》の順に座《すわ》る。左奥は後見が座《すわ》る。
⑤**地謡座《じうたいざ》**　コーラスが座《すわ》る。情景《じょうけい》やできごと、心理などをナレーション的に描写《びょうしゃ》。
⑥**一ノ松、二ノ松、三ノ松**　舞台《ぶたい》に近いほうからだんだん小さくして、遠近感を演出《えんしゅつ》している。

## 能面《のうめん》について

能面《のうめん》は60種以上ある（数えかたによっては200種類以上とも）といわれています。面《おもて》をかけることで、たとえば神や鬼《おに》など、現実世界《げんじつせかい》にはいない存在《そんざい》を表現《ひょうげん》することができます。老人、女性《じょせい》など、演者《えんじゃ》本人以外の人物になりきることも可能《かのう》です。一見、表情《ひょうじょう》がないように感じられますが、さまざまな表情《ひょうじょう》が入っているともいわれ、動きや角度によって豊《ゆた》かに変化して見えます。とくに面《おもて》をかけないワキなどは直面《ひためん》とも呼《よ》び、生きている人間を表現《ひょうげん》しています。

### おもな面《おもて》

**般若《はんにゃ》**

上半分は悲しみ、下半分は怒《いか》りを表現《ひょうげん》している、女性《じょせい》の面《おもて》。

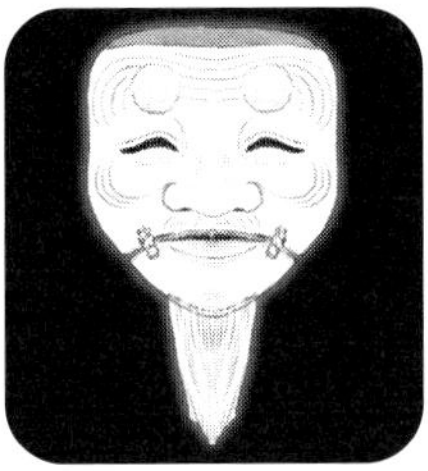

**白色尉《はくしきじょう》**

特別な演目《えんもく》『翁《おきな》』でのみ使われる面《おもて》。長いあごひげが特徴《とくちょう》。

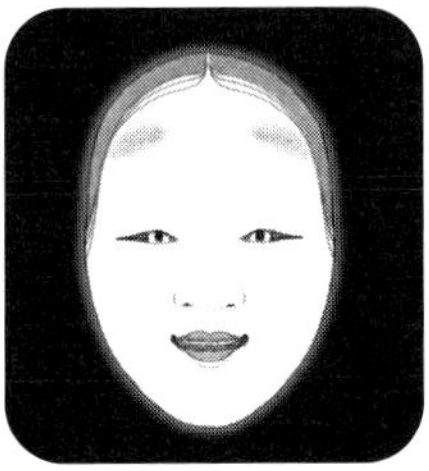

**小面《こおもて》**

もっとも若《わか》い女性《じょせい》をあらわしている。

**大癋見《おおべしみ》**

開けずに結んだ口と大きな目鼻を持つ鬼《き》神面《しんめん》。おもに天狗《てんぐ》を表現《ひょうげん》。

背景《はいけい》を知れば知るほど、能《のう》・狂言《きょうげん》はおもしろくなります。本物にふれる機会があったら、ぜひ観《み》てみてください。

石川宏千花｜いしかわ ひろちか

『ユリエルとグレン』で第48回講談社児童文学新人賞佳作、日本児童文学者協会新人賞受賞。おもな作品に「お面屋たまよし」シリーズ、「死神うどんカフェ１号店」シリーズ、『メイド イン 十四歳』（以上、講談社）、『見た目レンタルショップ 化けの皮』（小学館）、『保健室には魔女が必要』（偕成社）など。『拝啓パンクスノットデッドさま』（くもん出版）で日本児童文学者協会賞を受賞。

かない

神奈川県生まれ。保育士勤務を経て2022年にイラストレーターへ転身。数々の装画を手掛ける。JIA Illustration Award 2022にて銀賞を受賞。

参考資料（参照年月はいずれも 2024 年 10 月）
・『恋する能楽』小島英明（東京堂出版）
・『能楽入門① 初めての能・狂言』企画／横浜能楽堂 監修／山崎有一郎 文／三浦裕子（小学館）
・『能・狂言の基礎知識』石井倫子（角川選書）
・『能楽ハンドブック 改訂版』監修／戸井田道三 編／小林保治（三省堂）
・『野村萬斎 What is 狂言？ 改訂版』著／野村萬斎 監修・解説／網本尚子（檜書店）
・『野村太一郎の狂言入門』野村太一郎 杉山和也（勉誠社）
・『マンガでわかる能・狂言』編／マンガでわかる能・狂言編集部 マンガ／スペースオフィス
監修／小田幸子（誠文堂新光社）

おはなし日本文化《にほんぶんか》 能《のう》・狂言《きょうげん》
お能探偵《のうたんてい》ノーと謎《なぞ》の博物館《はくぶつかん》

2025 年 1 月 28 日 第 1 刷発行

作 石川宏千花《いしかわひろちか》
絵 かない

発行者 安永尚人
発行所 株式会社講談社
〒112-8001 東京都文京区音羽 2-12-21
電話 編集 03-5395-3535
販売 03-5395-3625
業務 03-5395-3615
印刷所 共同印刷株式会社
製本所 島田製本株式会社

KODANSHA

N.D.C.913 79p 22cm ©Hirochika Ishikawa / Kanai 2025 Printed in Japan ISBN978-4-06-538097-0



ブックデザイン／脇田明日香 コラム／編集部